1

寵物雞的電車之旅

黃珠玉◎著
林見鴻◎繪

博客思出版社

目錄

1．8789／代序 6
2．如果吃飯也用上眼睛 14
3．賞櫻行事 21
4．日文的漢字與我 30
5．寵物雞的電車之旅 39

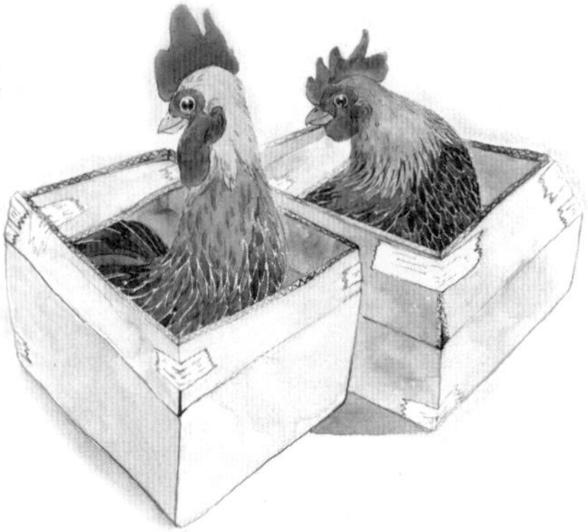

6・我的日本媽媽車 51
7・焦黃的蒜頭薄片 59
8・框架 66
9・繡球花 73
10・暗證番號 83

11．吉拉西壽司　91
12．生日蛋糕受傷了　97
13．懷想一道門　105
14．老生常談　113
15．溫哥華的巧克力屋　120

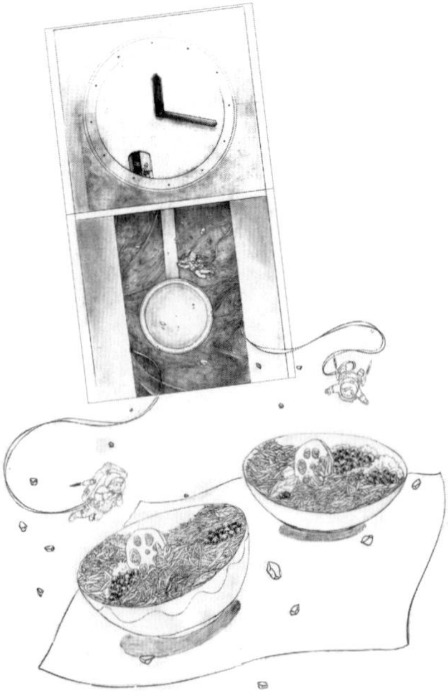

目錄

16·41街星巴克的14分鐘 127
17·畢業晚宴的第一支舞 134
18·北京的下午茶 142
19·北京影院雙人座 150
20·大鍋飯的洗禮 158

代序

8789

大學一畢業我就到學校去教書。那麼多年以前的學校，大環境是為老師們打造的殿堂，相當不同於現今。比方說班上的學生考試如果沒有拿到好分數，我拿板子打他們的手心，孩子們在與最後一板落下幾乎同時縮回手時，總還要敬個禮說謝謝。任何境況，學生們都從來不發怨言，像曾有一回月考（當時稱「月考」）我因心有旁騖，一份兩張的理化科試卷我只發下一張，直到有一位學生寫完卷子發現「未完」，我才趕緊補發上。也曾在下午的課外活動，要班上一位最乖巧、矮弱的學生騎我的腳踏車出校門去幫買梨子。那學生因為個頭太小，我特別在遣他出發之前傳授高招，要他先猛力踩一下，等踏板上到某一個搆得到的高度再續踩。（若是現今，或者會……喔，不敢想像。）在學校生活的花花絮絮中，我們師生一派融洽，從也不曾出現過來自家長們的負面

意見。（不知是不是因為當時沒有手機，媒體也尚未猖獗。）學校的教學生活是愉快、靜悄無波瀾。

直到有一天，先生說公司決定外派他到美國。當時孩子還幼小，生活相當忙碌，沒有多少餘裕能由得心中之感懷慢慢醞釀，我只速速把炒米粉的步驟、要訣寫在一張紙上，要先生帶著一入住美國就將其貼在住屋的冰箱上。那是一月的寒冬，先生獨自飛往美國就職。他下了飛機，在機場租了車子，直接馳往公司於前為他租下的房子。到抵後將車子泊在社區的戶外停車場，打亮手電筒，繞走社區的小徑找尋住房，在辛辛那提綿綿飄著細雪的暗黑夜晚，８７８９的小屋門牌，不多時就挺出來承接了手電筒的光束。

「相信嗎？辛辛那提的初春，黃色的迎春花，真的能以目測看出它們一小小吋一小小吋綻放開來喔。」、「學校今天的活動很精彩，我把孩子們也帶去了呢。」我聽聞、揣想著從未到訪過的國度新奇的種種，先生則以我和孩子們的動態內容充填他一個人住的屋子。對彼此的思念、關切攀乘在兩人的見聞分享上，我們互相交

換的訊息一串一串，在太平洋上空的晴陽和雨霧中往返穿梭。在另外一個「直到有一天」，我讀到一段文字：「上下班試著走走不同的巷路，看看不同的風景，或許會有意想不到的驚喜。不要讓人生一成不變。」我速即觀看自己，是的，我總是往返在家和學校之間熟悉的紅磚道上，和孩子們說著他們早已膩了的話語。於是同樣選在寒冬，我打包好行李，攜著孩子，告別甜美的安定，飛向諸多未知，和先生，我們一家團聚。

手電筒讓先生打亮它的那一瞬起，亮光即不曾停熄，它領在前面照引我們一家人走向數個不同的國家，在不同的國度幾次三番無能預想的情事裡，在有滋有味的人生百態中，它照亮通透了我們全家四人的生命。我愛台灣，我愛住居過的另外四個國家美國、日本、加拿大、中國，幾個城市都以各自不同的文化張力將故事寫進我的生活。我拿文字留下了終將被歲月稀釋的畫面和風景，並等待在現今總是快速匆匆的生活中，那些願意讓心閒晃，佇足接下這些故事的讀者。如果能有幾個字、幾段文句引起共鳴、莞爾、賞心，那就是最美麗的回饋了。

能寫成這些篇章，我要感謝先生手持的那支手電筒，要感謝先生那麼說：

沒有什麼高深學問也可以寫文章啊，只要有真情。

是的，真情。

3789

如果吃飯也用上眼睛

我多年以前住在日本的時候，假日會和先生到處走走，不少觀光客常去的景點也是我們的選擇。如果剛巧遇到跟著一面揮動的小旗子走，以「團」為單位的遊客，先生總喜愛邀我進行「區分別」的活動，讓他和我的「到此一遊」增添一點小趣味。那些年的日本神戶，大陸團尚未成軍，亞洲人的遊客大抵是台灣人以及做國內旅遊的日本人。我們的有趣活動是這樣進行的，只要有一個團走經過，先生即定斷「這一團是日本人」、「這一團是台灣人」，我則混進團中跟著大夥兒走幾步，聽聽團裡大家的歡暢交談，即場就判給先生「O」或是「X」。先生通常都是拿到「O」。問起所據為何，說是「看身材就知道。」

平均上，確實日本人比台灣人瘦。為什麼？曾經也是不解的我，直到有一回接續兩天受邀參加朋友的餐敘，

才有了理解。

第一個邀約是來自台灣朋友的盛情。六、七道菜上桌了，主人還直說不好意思，不成敬意。通心麵盛放在大碗公內，滿滿地尖出頭，幾條爭先恐後沒跟上的麵，還奮力攀掛住碗公的邊緣；六大片味噌魚採疊羅漢方式堆在盤子上，焦焦黑黑，倒是安分，雖然看起來有點閒散頹廢，經一嚐則相當美味，其餘的盤盤碗碗都是主打大、多、好吃。桌上的賓客和主人，大家一口接一口，對盤碗內的食物眼不觀視，嘴不停擺，可能是因為沒有什麼看相，所以無須勞費眼睛，而且味道實在是好，自然是停不下嘴了。

第二個餐宴是由日本人主導。長方形的餐桌，進餐的六個人面前，箸置（擺放筷子之小物）、盛放各類菜餚的大小盤碗、對應不同飲料的各式材質杯子、講究的餐巾等，配套齊全，擺放有緻。當天的主菜是魚，袖珍的一片魚以大盤子盛上，餘裕從容，澆灑搭配的醬汁自成美麗之態，旁襯的根菜，色姿亦佳。木製的湯碗裡，由停佇的幾片三葉芹伴隨著的一粒碩大蛤蠣，在澄澈的

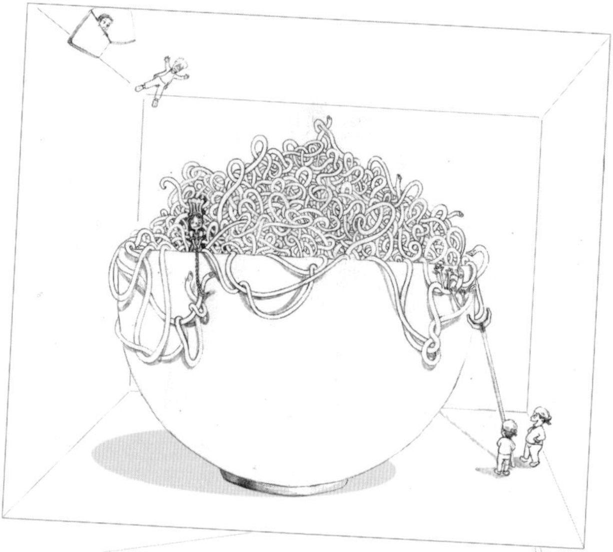

熱湯中自信微仰，絕對稱得上優雅。鋪撒著點點黑芝麻的白飯，少而安靜，讓人自然地，用筷子挑夾時必是一小撮一小撮。我們在談笑中輕取細嚼慢嚥，好似動作大了、快了就要破壞那流淌著的美麗。近尾聲，一杯濃醇咖啡、一片手作甜點，靜靜候在大家巡走的美食之旅的目的地，帶上圓滿，成就美好的一餐。

飲食原本就是一種文化。日本人用來表達「吃飯」的語詞有數個，其中之一是將「食事」這個詞轉變型態直接作為動詞使用，視飲「食」為一行「事」，表述出

他們對待飲食之慎重，於用餐之際尤其讓眼睛做了相當程度的參與。我想，多數日本人因為吃飯時也用上眼睛，精量的食物已然將食飲之人領引至滿足的高嶺，自是無須壓抑品嚐美食的想望，即能在欣享美味佳餚的同時，維持了他們理想的身材吧。

賞櫻行事

台灣旅遊業推出的「賞櫻之旅」多是搶手的旅遊項目，一直以來櫻花總是以其特有質性的魅力吸引來自各國的旅人。對日本自身的國民而言，它不僅只是「美」，國花櫻花尤其以更深更廣的蘊含擄獲國民之心。日本人認定櫻花是聖潔的，它是日本文化的標誌。

每年時序一進入三月，日本無論是電視或是廣播，各大媒體每天必定以醒目的頭條報導櫻花的相關訊息，大家的注意力好似一下子都集中到賞櫻一事上了。由於日本是南北向的狹長國家，櫻花的花開從九州南部到北海道，由南往北推展，各市縣的初始綻放並不一致。日本的氣象廳會發布各區域開花日期的預測，提供給民眾以利進行賞花的安排，這樣的開花日期預測即是日本人所謂的「櫻（花）前線」，在這個時節裡，「櫻花前線」成了人們見面時幾乎不能缺席的必要話題。賞櫻是每年很重要的行事之一，在櫻花盛開的時日，日本人會聚集在櫻花樹下盡情地歡樂度過，那即是我們熟知的「花見」。花見這個詞我覺得很有意思，雖然明白日語有不少的漢字詞語和我們的中文在字序上是剛好倒反，像日語的段階、紹介、探偵分別是我們中文的階段、介紹、偵探，不過「花見」這個詞對我來說，和「見到花」同義之外，尤其呈現了櫻花主動向著賞花者而來的意涵。

花見行事的櫻花樹下，賞花的一簇一簇人叢可以分為兩大類。一類是家庭成員，另一類是公司的同事。前

者與花見緊密相隨的是「女人的手作便當」。想必是從賞花的前一天就展開準備了，費心地構思、採買、製做，程序堅實無虛，如此手作完成的便當，在創意和色香味上的完美，於櫻花樹下掀開盒蓋之瞬際，將感動推到極致，托拱出一家人的和樂親密，大家吃著便當賞看美麗的花，任由一波接著一波的談笑聲在幾乎無間隙的花兒之間隨意穿梭。而後者呢，與之相隨的是「座墊子」。座墊子想當然耳就是墊鋪在地上聚會時供坐臥用，不過，它其實還有一項額外的重要功能。相關的商家因應賞櫻行事都活躍了起來，提供進行活動的配套，除了各類的酒、零食、免洗用具等等，就是樣式設計新穎的各式座墊子了。通常公司的各個部門，會差遣其中一位同僚請個數小時的假，下班前早早即赴往大家已先議定的賞花勝地，仔細、慎重地揀選一株姿容優美的櫻花樹，在樹底下鋪上座墊子鄭重拿下「一時的所有權」。逢一年一度相當重要的賞櫻行事，日本人對這樣「先馳據領」的作業是絕對不厭其煩的。相對於家人歡聚的溫馨，同事們的聚會氛圍則是昂烈的，男男女女，大聲歡唱著歌，

絕不會安於席地而唱，必得站立而起、猛著力擺甩身子，間或帶出些專屬的個性化動作。古昔之民堅信櫻花樹中有神靈，賞花時會在樹下擺放做為供俸用的清酒，這樣的行儀一直被保留下來，現今大家也必定得人手一杯了。日本人平常給人的「拘謹嚴肅」那般樣的印象，從多變化的唱跳舞姿和清酒啤酒中逸離而去，在櫻花樹下教人如何也難做如是的聯想了。

我揣想，讓日本人感動的是，櫻花經過整整一年所孕育、準備的豐實，在一星期之間完全不做保留地絢爛綻開，著實叫人激賞。而出演了短暫的燦爛絢麗，凋謝時以灑脫俐落的姿態齊齊散落，更是一種壯烈、高潔、圓滿的完結，是相當符合日本人崇尚武士道精神的性格。對櫻花，日本人除了愛或還帶有一點寵溺。一般對花的凋零，日語以「落」字來表達，唯獨對櫻花，非得使用「散」字才稱得上是正確的用語。更一層，對花兒齊齊飄零散落的景觀，特別還賦予了一個美麗詩意的專屬用詞「花吹雪」。

走在賞櫻時節的路上，擦肩而過的日本人確實能讓

人感受到，他們正吟味著櫻花淡雅的美麗和清香，正接受著櫻花傾全力盛開的鼓舞。在日本，學校的開學、公司的雇用都落在櫻花季節，生活在四季分明的日本人，當他們在櫻花樹下褪去厚實的大衣之際，想必是雀躍的心情已然昇起，迎向的是盎然的春天，也是充滿生氣和希望的出發、再開始。

29　賞櫻行事

日文的漢字與我

有一回我獨自從神戶飛溫哥華。有過長途飛行的人，用來量度心情指數的那一把尺或許都很近似，除了途中顛簸亂流的頻度，最能定斷在密閉空間內十數小時的「起居」品質的，應該就屬旁座的乘客了吧。我那一趟飛行的機艙座位是靠窗邊，鄰座是一位中年日本人男性。那時，我已住居日本多年，自然有我個人的定義：日本的中年男性只懂得怎麼上班，不擅一般的應對常情，於是，我暫且闔閉上原本敞著的「行旅之心」的窗。吃過機上提供的第一餐，就進入長途飛行的時間列了，該看電視還是傾放下椅背休息呢，忖想著時，鄰座的男士綻出誠摯開朗的笑容，一聲Hi打開我才暫時關閉上的心窗，起始了兩個人的會話。我熟諳日語，而男士則有日本人一向持有的研索精神，所以，為打發飛行的無聊，我們玩起競賽的遊戲，玩法是，中文和日文同義而字序倒置的詞語，看誰識得多。像是階段—段階、介紹—紹介、偵

探—探偵……，他一個詞，我一個詞，我們興致都高，好一會兒，兩人口中脫出詞語的速度才由快速趨緩，後來，彼此雖絞盡腦汁卻只是直直看著對方，一個字也吐不出來了。日本人就是有一種難以解說的質性，很容易讓人信服凡事的結果都是他們已傾盡全力帶至的，男士也就是在我那般地感受之際紓了一口氣說看來我們是「互角」（不相上下之意），但也是在那一瞬時，我說出了「盲導犬」（中文是導盲犬）一詞，贏了遊戲。接著我們隨意聊聊，男士果然沒有飼養過狗，於是讓長年有狗相伴的我拿了優勢。

因為先生的外派工作，我們一家多年前遷居日本。行前牢記的日語五十音在初始並沒有幫上忙，我依舊仰賴日語中的漢字來對應生活上的瑣事，食衣住行各方面稱得上通行無阻，只是，以為熟悉可以依賴的漢字，有些時候還是叫我不解。像是，我們做了跨海搬家，幾天後搬家公司送達的眾多物件中，有好幾箱貼有「天地無用」的標籤。真不明白我們才落地的新國度日本，這四個字是闡述著禪修境地之高呢，抑或只是一派的消極呢？

而且，那由我看來極具底蘊思維的字詞，為何會被披露在像搬家這樣的繁瑣事務上呢？（日後當然明白，「天地無用」之意為不得上下倒置。）打開電視，那頻頻從字幕跳出的「大丈夫」也曾經讓我對先生稱羨不已：不錯嘛，你們結了婚的男人來到日本就變得比較偉大喔，看，「丈夫」之前都還加上一個「大」字呢。（日語「大丈夫」之意為沒有關係。）而交通號語「油斷一時，怪我一生」，也困惑過我一段時日：為什麼開車時，油箱一時沒有油就要怪我一輩子呢？（「油斷」中文之意為疏忽大意，「怪我」是受傷之意。整句的警示為「一時不留意，將一生受害。」）不少的日子，我在錯誤的認知中沉沉浮浮，有時鬧了笑話頗是尷尬，有時自忖自度倒也兀自開心。日語的漢字就這般地，一筆一畫刻鏤我，而我，就像是初嚐未知之食物，感受著其不失有稜有角、有滋有味的風貌。

一段時日之後，我對日語漢字的理解比較正確了，也因此更進一層體會到有很多詞語是有質有量的。像有些年我相當喜愛的一個詞「仕付」，其原意是做衣服時

偵探
探偵
大丈夫
躾

先用線大致繃一下，接著再細細縫製，較能順利進行。對那個詞所以特別鍾愛，是因為當時我的人生要務是養育正在長成的兒女，喻意清晰的「仕付」這個詞給了我很好的指引：給孩子初始規範的約束，是日後能夠使其理想成長的關鍵。仕付讀為SHITSUKE，和它有相同的發音且同義的日語漢字，是日本自創的一個字，是這麼寫的：左邊「身」右邊「美」。將這個字拆解開來清楚可見其義：讓「身」子「美」麗。如若，「身」是人，「美」是綜括世間所有的美好，那麼，這個字表述的「美

好質性的人」就可以有無涯無限的各樣組合了。翻開日中辭典，這個字的中文意思相當於我們熟知的「家教」。於是，我們懂了：只要給孩子理想的家教，就等於給予了他們一生各種美好的可能。

在我不同的人生階段，分別有不一樣的漢字居上「我的最愛」排行之首，它們都以各具的魅力，帶給我豐實美妙的生活啟示和趣味。

寵物雞的電車之旅

和我相熟的朋友都知道，我已多年不吃雞肉。常被問起原因，有朋友還說，雞肉可以做成各式美味料理，不吃雞肉不就等於是人生美好的部分被切去一角。為什麼不吃雞肉？在我過往歲月中，常時變換著角色扮演的雞頻頻走入我的生活，我自是不會讓牠們成為食材。

雞曾經是我們家的寵物，那時候我的兒女還幼小，我們住在日本神戶。有那麼一個時點，孩子們啟動了要擁有寵物的想望，很快，那渴想發展至頂峰，非要不可，我們一家四口於是前往寵物店。先生將車子暫停駐，留守車內在附近等候，母子女三人我們走進店家。門一開啟，寵物店裡頭所有類種的目光瞬時集中成束，投向我們，孩子們立判出猴子最熱情，「媽媽，可以嗎？」我疾步走出店門到候著的車子旁側敲敲車窗問：「老公，可以嗎？」被嚴厲否決。在緊接著幾個相同的申請程序中，貓、狗也沒有過關。最終，兩隻毛茸茸的黃色小嬰兒雞乘坐進小籠子跟著我們回家，當然，也是牠們的家。

有好些個日子，兒子女兒從學校回到家的第一件樂事就是圍攏著兩隻雞，和牠們說長話短，兄妹倆同時也彼此相互競爭：「你的雞……」、「我的雞……」，較量誰的雞長得快，咯咯叫聲比較響。買回家當時，贏得猜拳的是女兒，由她先挑走額頭上有個可愛小圖案的那一隻。

雞的成長飛快，溫馨場景的持續不算長久，我記得至少有好幾天，放學回到家的兄妹倆雖不忍明白表態，和完全稱不上可愛的大雞話家常顯然已是帶著敷衍。我明白，是該為雞另找出路了，就託了日本友人花了些功夫找到大阪一家幼稚園，園裡歡迎送去當作難得的教材。

不算少數的日本人沒有看過活生的雞隻，平常超市販售雞肉是按部位處理後包裝成盒賣的。棚架上販售的雞翅，有日語稱為「手羽元」、「手羽先」等的分項，（「手羽」一詞，有說是日本人覺得雞翅像似雞隻的手，且因裹覆有羽毛，所以稱之。）或許是有「元」、「先」等的區分，才導致我日語家教老師不正確的認知吧，她怎麼都堅持每隻雞有四個翅膀。我們清楚日本人最擅於以圖示意，老師很快以一筆完成的手法畫了每側各有一大一小翅膀的示意圖為我解說，當然，因為她是我的老師，我只能維諾點了點頭，可是心中維護真理的道德分明強烈，於是趕緊模糊話題，隨意找其他的話語說了起來。福岡老師學識淵博，優雅親切。

從我住家往大阪的那家幼稚園，須先搭單軌車接著

轉ＪＲ，再接一段公車。當我盤算著該怎麼進行時，適巧一位從台灣到東京留學的晚輩來訪。雞隻的個頭不小，改裝的紙箱須備兩個，我們很快就一人一紙箱啟程了。不意，才步出社區的電梯門，晚輩就臉發青、手顫抖，吞吐說她有「恐雞症」。無暇探究那未曾聽聞過的症名，我迅即就接過了她手上的紙箱。不像現今人人低頭滑手機，當年，車廂內有座位或立站著的乘客，大多是翻著文庫本的書（平裝，小型規格，多為Ａ６，較便宜，好攜帶。）也有些人是攤開報章雜誌讀著的。我們算是幸運，同行的晚輩和我都有座位，紙箱內的雞也配合，都安靜低頭休憩，許是微微晃搖的ＪＲ電車提供了休眠的好條件吧。過了一小陣子，雞隻醒了，有元氣了，立高起身子，伸露出漂亮的小小臉蛋。這時候，同車廂中我對面一長排的乘客，無聲無息地，有的人將手上的報紙拿高了，那些和讀者的老花眼原本是隔著中距離的書報雜誌也都被主人速速拉近，大家的目標一致，都要確保自己的視線不會竄跑至我腳邊兩個改裝的紙箱，尤其是更不可以和我的眼光做交集。正在行旅中的兩隻已打過

盹的雞，精神好，情緒亢奮，除了頻頻彼此互望，更是好奇地環看四周，身子忽高忽低，脖子超過１８０度旋轉著，頸部漂亮的彩色羽毛不重複地拼織、組合著各式創意圖案。當牠們咯咯叫出聲時，坐我前排的乘客都紛紛再一度做了升級的因應。當中我特別同情一位女士，她手上的書本近乎蒙住了臉，從手提包拿出的手帕也做了支援，卻還是沒能按止住她因笑而震動的肩膀。她滿臉尷尬，不知何處自容。我其實以為應該感到尷尬的是我。

相信在日本搭過電車的人都清楚，乘客多是面無表情，凡事不關己的樣態。在我自己也成為日本住民一段時日之後，才了解那種維持冷漠的文化背後的心理。大部分的日本人是被輿論綑綁的，言行舉止受著因各種關係連結而來的人監看著，所以在電車裡，難得處在沒有任何關係的眾「他人」當中，自然特別把握短時的鬆綁，任誰都不想被打擾或做任何對應，同時，大家有默契地各自守著分寸，也不會擾涉他人。稍屬不算普通的情事都必須藉著喝醉酒才能做得出的日本人，更別說是清醒

3 15
3 30
4 13
5 21
6 29

狀態下帶著兩隻雞坐上電車了。所以我相信當天的景況，對日本人的乘客而言，應該是一項不小的挑戰，自是難免要有不尋常的特意因應吧。

最終，幼稚園的園長接過我的寵物雞時熱情的招呼，以及，兩隻雞找到下一個歸宿時的快樂咯咯聲，相偕給了那段難忘電車之旅一個happy ending。那已是多年前的事了，我常想，當年車廂裡坐在我對面一排的某些日本人的乘客，這些年來，在地球的一些角落，當他們和朋友暢所欲言時，會不會將那件對他們而言簡直是不

可思議的情事也攬進去笑談一番呢。

我的日本媽媽車

日本神戶的南邊，在大阪灣海域的神戶港，有一個非常現代化且優美的人工島，近六平方公里不大的面積，住有數千戶人家。我們當年移居日本時，選擇了這個小島入居。島上住民像是大家相邀做了約定似的，幾乎每一家的媽媽都有一部單車。我住家社區旁就有一間自行車店，老闆蓄著鬍子，身軀的立體理想度，（我想說的

是高矮胖瘦比例的良好程度）以及貌容，都在當時的日本男人的平均之上。多年前旅遊不似現今蓬勃，因此搬遷到日本之前，日本的男性我只在電影電視中觀看過。計畫買單車的那天，我進到自行車行，往昔電影電視中的日本男人模樣真實在眼前呈現。稱得上好看的老闆，也客氣，親切地做了些各型車的基本介紹後就那麼維持著穩定自然的微笑。完全不待該還個價的念頭在腦中形成，我即買下一輛自行車了，立時掛給它一個名字「媽媽車」。

平常日，郵局寄信、銀行辦事、載運菜蔬肉品家庭用具等工作，媽媽車一概承攬下來。酷暑之日，它輕盈穿梭於林蔭間，邀陰涼的樹影共同協力免去我受烈日曝曬。雨天，它多載一把傘，擁上一份相依為命的情懷任勞任怨與我鑽跑大街小巷。無論走行至何處，它纖小的身子總是輕易就覓尋到停腳處，從不勞我為它費勁。人工島的幅員讓媽媽車很自在，近正午，它才擺了一個pose耐心候在購物中心的廊下，黃昏時分就已和我馳抵島的另一隅，在碼頭邊岸，閒閒散散地，看著我採用

日本人特有的釣技，以裝了餌的小鋼網釣魚。我的媽媽車具稱得上神奇的能力，逢遇到前有紅綠燈交通號誌時，它會示意我最適的時際按握剎車，讓燈號一改變恰是車輪子停轉時。媽媽車甚且還懂算術的加減乘除，每回當我返家，騎行至住家社區大樓前的小斜坡下，它就拿出它的聰明來計算，告知我該以什麼樣的力道，須踩蹬幾轉，才能又上得了斜坡道，又剛巧在距社區柵欄尚有一小距離即止住，容我的手臂一伸恰能啟開柵欄門。

在緊急狀況，我的媽媽車機智中有一份柔情。像是有一回深夜，女兒止不住直流的鼻血，是它，也可以說是她（始終，我都認為媽媽車是女性。）在第一時間發揮潛能，以驚人的速度轉動著輪子，在家用汽車尚在預熱以啟動時，她已經將我和女兒送進社區醫院的急診室了。醫生做了對應處理之後，返家夜深的路上，媽媽車放慢輪子的轉動，柔和輕鬆相隨。寂靜街道上蒼白的街燈，接收到媽媽車的柔情，光暈不再冷漠，蘊起溫和的燈光照亮前路，引領我們。就那麼，我緩緩一踩踏，她寬心一轉輪，一部媽媽車，一對親子，我們同行相伴。

ACG
三井銀行
三井銀行
JP 郵便局

假日，我的媽媽車待我騎坐上，經來自瀨戶內海的風一啟動，我兩下踩踏，它立時就威風地馳掣上路了。雖然我沒有長髮可以任風帶起飄逸，也不再如少女般能夠馳出羅曼蒂克的身影，但是，在風中，在島中，我的媽媽車依舊為我營造出一份飛翔的心情，任我在小路的轉角處想念起我台灣的親朋好友；在小花小草叢旁與我一同感受生命的美好；在能夠望見無垠的海天一線處所，伴著停歇下來的我，承知人間的豁達。無視於Mercedes-Benz的嬌貴，BMW的豪情，也不睬Ferrari

的耍酷，我的媽媽車抬頭挺胸，兀自神氣得意。

焦黃的蒜頭薄片

好幾年前看到第一家薩莉亞（Saizeriya）餐廳在台北出現時，我連說了幾次「就是這一家」「就是這一家」，走在身旁的朋友不覺追著我的情緒，連連好奇地問：「那一家餐廳怎麼了？」「那一家餐廳怎麼了？」。我第一次去的薩莉亞餐廳，是在日本神戶一個稱為六甲島的人工島上，那些年因先生海外派任的工作，我們全家居住

在島上。日本的冬季，滑雪是時興，先生接受公司裡日本人同事的邀約，帶孩子們同去長野縣滑雪，我留守，因為必須照顧家裡的寶貝狗YAYA。

當天色轉暗，沒有煎魚、燉湯的撲鼻香味，不見家人進進出出的身影，也聽不到孩子們玩笑鬥嘴的聲音，我才意識到，自組小家庭之後，將是第一次要獨自一人生活兩天。將YAYA的晚餐準備好，不待她完成戀戀一舔再舔吃完已空的碗的例行之事，我就穿上羽絨大衣，戴齊手套毛帽，掩上了大門。寒冷讓夜晚沉得更暗黑，除了從旁借來了一些光的路面，再看不到其他了。佇立在道路兩側平日常照面的楠木，隱身在烏黑中遞送著淡淡的清香，想必是相熟的那些葉子們振著精神在為我飄動搧出芳香，那清香，一縷一縷，一路相伴。進了薩利亞餐廳坐定下來，鐵板餐盤不多時就送上來了，它才被擺放下立時就驅走了寒氣。現今或許很平常，甚或叫人無感了，但是在二十多年前，煎得微微金黃的蒜頭薄片，數片相互邀集了陪襯在七分熟的牛排邊旁，它們可是恃著自許之態的，即便讓澆上的濃稠牛排醬料給淹覆了，

蒜頭薄片也絲毫不顯頹瑟，依舊能將主角的牛排拱得一派昂揚自信，呈現整體之完美。餐廳內，幾張一家人團聚的桌子，放送著一波一波的談笑；隱在邊角一對情侶緊偎的桌子，黏膩的甜蜜絲絲繞圍著兩個戀人轉著轉著；我一人獨坐的桌子，頻頻的動作在桌上推展進行著：刀叉在流淌著音樂的柔亮燈光下按下、劃切、夾起，任豐美滋潤的味道漫了開來，漫出了餐廳，再一逕漫至長野縣皚皚白雪上歡樂的一夥人，我想著先生和孩子們。當齒頰中最後的一個牛排肉塊在咀嚼中來回翻攪時，牛排醬已如潮退般退下了，而薄切的蒜頭片仍然精神奕奕地，在我原以為只能無可奈何地承領落寞的那個夜晚，堅持陪伴我至最後一刻。

走出餐廳，吸進的第一道冷冽的空氣，一個一個冰冷的氣體粒子排序在身體內遊走，帶出了舒暢。歸路上，楠木的葉兒們在漆黑中又速速歸位，再度默默地以清香相隨，我用戴著毛線手套的手拍擊著拍子，哼起了歌。打開家門，晚餐後肯定已是打盹了好一會兒的ＹＡＹＡ，搖擺著尾巴迎我入門，彎彎的眉毛好似笑著，輕輕汪汪

兩聲，說，我知道妳有了一個美麗的夜晚。

從此，對照朋友們的「心靈雞湯」，那個夜晚貼心和我始終依依的焦黃蒜頭薄片從此成為我的「心靈蒜片」，它常能以其完美的金焦黃色和滿涵生氣的姿樣，安撫我生活中偶爾漾出的寂寞之情。

框架

住在日本神戶時，我結交了一位日本人摯友福岡太太，她一點都不像典型的日本太太，我想說的是她不像可以代言典型日本太太的左鄰右舍。我的左鄰住著當真太太（「當真」是姓氏，和她們一家人的性格特質無涉。），有一回我們家老公釣魚大有斬獲，我挑了最肥美的一條送過去，她臉上的難色隨著頻頻的鞠躬一上一下，原來，大半生她只吃超市處理好的魚片，一整條的「完魚」對她而言等同是災難。我趕緊回家做了清理、切片之後再次送去，這回她歡喜地接下，感激的話語是一句接一句，忙著說話的同時不忘騰出一隻手伸往背後關照著家裡的門扉保持半掩。我的右舍是花田太太，出入家門時只要我們彼此照到面，她都要停佇在自家門口對來自台灣的我以及台灣文化大加讚美，只是總讓溢於言表的誠懇保留在會話中：「哪天進來一起喝個下午茶吧。」我的好友福岡太太則是將真性情鑲嵌在她燦爛的

笑容裡，並且源源牽引出實際的行動。

有一天福岡太太興致很高地邀我去她家，表示剛學會一道中華料理，我們一起做吧，她說。我欣喜赴約，進了她家廚房，很快就拿下助手的角色。材料是不難取得的洋蔥、青椒、香菇、蛋，看著福岡太太將所有食材切成小方塊（咦，香菇、青椒不是一概切絲嗎？），在碗緣敲破蛋殼（咦，不是都敲在水槽的邊緣嗎？），接著……。不覺地，我在她忙碌的雙手中出了神。

我相信我是「死腦筋」的極佳詮釋者：循著地圖開車，如若是由北往南開，地圖必得倒過來看車子才跑得動；頭髮的分線在左邊，就絕不能往中間移；長褲一定先從右腳才能順利穿脫；熨燙襯衫，必須照著衣領衣袖衣身的先後排序上燙衣板；牛肉麵的上頭必鋪酸菜，陽春麵則只配滷蛋；沒有瓜子不喝茶，早餐的杏仁堅果固定是八個。我製作了各式各樣的框架，一直以來，一件物事套用一式框架，框架彼此不能互換，物事更是不容逾越。而就在那一天，廚房裡的福岡太太，在切菜、料

理食物的時候，當下讓我恍然大悟，原來，我積年累月的各式框架，並不盡然全是規範地指導著我的生活，或可能反倒盡是框限綁束了我的生命。過往每每與人理念不合，在做人處事上受挫時，長輩給我的勸慰不也都是「做人不要有太多原則、框架，要留有彈性才能轉圜」？

回到家時老公已經下班在家了，問起我，和福岡太太一起製做的料理美味嗎？我若有所思，挪用了一位知名作家的文字句型，喃喃說出：「讓框框架架倒下吧。」突來的一句非日常性話語讓老公愕然，靜默了好一會兒，

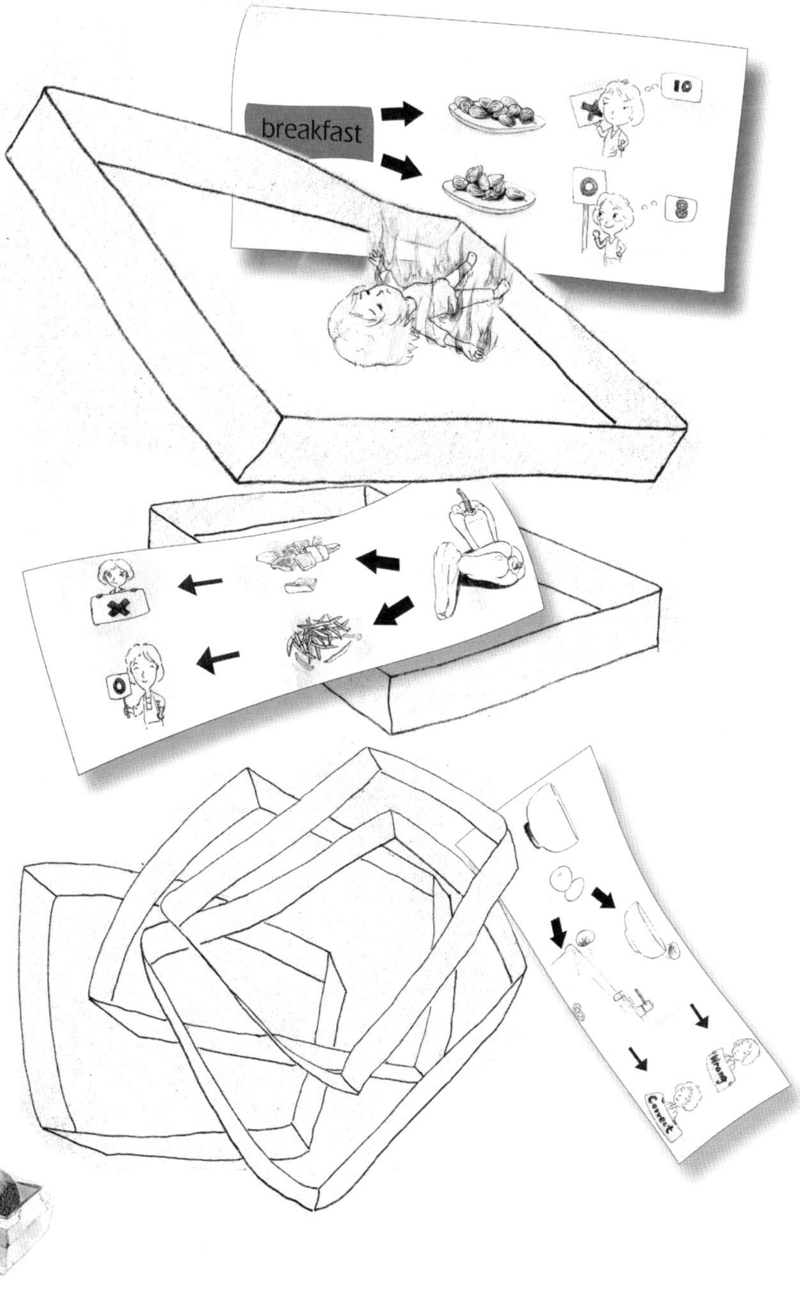
breakfast
10
8
Wrong
Correct

當然，無語或許是因為他並不真的想知道，我能理解，辛苦上班回到家，看老婆歡喜玩了一整天，能開口問問就算僅是敷衍已屬優良的表現了。就寢前我仔細回味當天的行事，忽有一念上了心頭：會不會將所有食材切成小方塊、在碗緣敲擊蛋殼……，也是福岡太太個人的框架原則？是不是最好也能一一擊垮？夜已深，Let's call it a day，我闔上了眼，在心中已有了盤算，隔天一定要帶著我的領悟去和好友福岡太太做分享。

繡球花

又一次走在京都的道路上。當台北正逢不論走上哪一個街路，空調設置都會攻擊你那樣的時節，我從京都的市營公車走下來，沒想，是風和日麗。不趕赴任何預設的目標，漫步在偶有車輛馳過稍偏離市區的路上，兩旁，一家接一家的「一戶建」屋宅，幾乎每一家的門前都植栽有一種花，它由一朵朵繽紛的小花團簇成渾圓的

大球狀，一見，足叫人怦然心動。花，應該是屬於國際性的吧，同一種花可以在很多不同的國家美麗綻放。我想，每當花進入人們談論日本的話題時，多數人或許會自然地聯想到櫻花。在日本，其實另外有一種和日本文化有密切連結的花，紫陽花，在台灣我們習慣稱它為繡球花。繡球花的顏色是由土壤的酸鹼度決定的，可以是藍、紫藍、紅、粉紅，也有嫩白色等等。它盛開的季節落在日本梅雨季的六月，難耐的燥熱、脫不去霉味的潮濕、水與土混雜的泥濘，在那能夠藉以改善環境的器具欠少的古昔，可想見確實是相當艱辛的節氣，因此日本人常以「辛抱」一詞來領受擇在這個時節綻放的繡球花所蘊含的寓意。（日語「辛抱」為忍耐之意。）在美麗中它的禪意被傳遞發送，無涯無際叩訪、鼓勵、安定人心。這或也說明了，當我們在日本旅行時，在不算少數的寺廟、古剎建築都可以觀賞到繡球花。

當小花苞開展開花之際，人們的思忖也從心中一吋一吋推開來，由小花苞團簇成的繡球花多樣的顏色，牽引出多種表述：能讓任何色彩偎傍的純白色繡球花，它

帶有寬容的姿態，在優雅中療癒了人心；傾向憂鬱聯想的原始青色繡球花，則是領著敏銳易感的創作者寫出了短詩「俳句」和傳統韻文「和歌」；而粉紅色的繡球花，據聞其品種是來自法國，當它在日本梅雨季的六月天盛開時，法國卻有著亮麗的天候，所以特別將其賦予開朗明亮的女孩。

除了顏色，繡球花也藉結構傳達了它堅定的釋義：有一類的繡球花是從最中央先開花，接著一小朵一小朵的花蕾從外圍慢慢綻放、攏向中心，這個程路演繹了，低調謙虛、包容團結、海闊天空的豁達。

住在神戶時，在常去的超市我認識了一位姓藤田的太太。第一次兩人互相點頭示意是在超市的「鮮魚區」，她笑容可掬。很多人或許知道，日本太太們的禮儀常常是奠基在「總得要和對方說句話。」這樣的心態上，說的那句話可以是「真是好天氣ㄋㄟ。今天啊。」等等。相識的那天也是藤田太太先開口：「今天的魚不錯ㄋㄟ。是吧？」每回相遇我們都很自然地打招呼，她是純粹的招呼，我，台灣人嘛，相對比較實際。有一回我們是這

樣對話的：「早啊，又到了草莓的季節ㄋㄟ。」那是藤田太太的禮貌性招呼；「哇，買這麼多菜，今天要請客？」這是我的實務性招呼。藤田太太堆滿笑意回應我：「我們全家每星期會團聚一次，我總是做很多菜，讓老公配酒，孩子們從外地回到家有好料吃。」

我們家因為先生接受外派工作的調整一度離開日本，六年之後再次入居神戶，我們選擇和之前相同的社區住下。在熟悉的超市我又遇到了藤田太太。她還記得我，推著裝有滿滿時蔬肉品的購物車熱情上前和我寒暄。我也沒有忘記她：「今天看來就是妳們一家團聚的日子囉。」藤田太太漾著笑容說：「是啊，和以前都一樣，只是我更加忙碌了，因為我先生已經中風幾年，我要額外照顧他。兒子嘛，最近公司裁員，忙著找新工作，有時候也幫幫他。」我一時愕然不知如何以對，倒是她一臉燦爛：「很高興妳們回來，我們就住妳住家大樓的一樓呢。」我們接著分頭去選購所須物品，當我將半個南瓜放進購物車時，我在心裡想，藤田太太這些年一定逢遇了不少困難；放進一把青蔥時，心裡想，她是怎麼能

?
Lay off
6 years later

那般樂觀承受的呢；放進……。

那時正逢夏日時分，我繞走在藤田太太住家庭園的外圍，內裡，一大簇一大簇的花分別據在庭園各處落，每一簇由低矮的季節草花在旁拱襯，藍、紫藍、紅、粉紅、嫩白，甚至也有少見的琉璃色，一簇一簇，顏色相當多樣，卻一點不顯紊亂，乍看是絢麗，再看則又露顯靜美，它們是繡球花。我的眼眸沒有片刻遲疑就讓眼前那攀附著領悟之元素的景象直驅心坎：

原來，庭園裡，藤田太太植栽了所有的哲理。

暗証番號

好友從日本旅遊回來好幾天了，遊後感的厚度和熱度仍原封不動，沒有少減。被問起：「什麼最打動妳的心。」她說是：「日本人體貼認真敬業的精神。」那樣的精神我不陌生，初次和它相遇，是很多年以前在日本神戶的一家銀行。

多年前我居住在日本的神戶，住家的社區位在人工島上。當時的日本雖然已走至泡沫經濟的末端，可是很多的跨海國際公司看起來依舊是榮景一片。尤其，在人工島上矗立起來的各種物事，於欣欣向榮之表又披覆上一層人工島特有的填海精神的堅持，那樣的特性讓整個社區鳥兒雀躍，花樹美麗。社區有為數可觀的外國人居民（我當然也歸屬在其中），島上唯一的銀行每天頗多非日本人進出是常態。有一個上午我走進銀行，平常所見到的平靜、沒有表情的當地日本人的容貌有變動了，當中有些人還容許自己挑戰他們承襲古昔一直以來的約定俗成「盯視他人是不禮貌的」。我的目光隨即匯入了眾人的目光之流，事情是這樣的，一位優雅的西方人女士在銀行辦理開戶，在設定密碼之前程序的進行是順暢的。當不良的溝通冒出來時，原來承辦的年輕女性行員，帶歉意點了好幾下頭之後請來較資深的中年女性同事，接下來的協力合作看來也徒勞，兩人於是互借了耳朵，都顯露出決意的神態。其中一位走進內裡的一間事務室，換來一位男行員走出，邊走邊整理著領帶的

他沒忘維持昂頭有精神的身態。男性行員雖然依舊是使用著日語，可是加進了不少動作，辦公桌上的一些文具立時變身為道具應援他的肢體語言。時間在大家密切的關注中步走了幾分鐘，我看到男性行員現出一個恍然的眼神，拿起辦公桌上的電話機，在西方人女士的跟前做著勢虛押按了數個號碼鍵以示意，在同時重複說著「暗證番號」、「暗證番號」。（日語「暗證番號」讀為ANSHOBANGO，是中文的「密碼」之意。）西方人女士非常專注盯看行員移走著的手指頭，一瞬都沒有停歇就將電話機取過去，雖帶著狐疑還是點了點頭，看似邊回想著才剛勉力記住的鍵碼數字，邊一個鍵一個鍵按下。很快電話通了，女士持著話機說：「Anna,I don't know why they wanted me to call you. I ……」掛在銀行內所有人臉上的表情是各色各樣，不待弄清楚掛上自己的是什麼色樣我就走向櫃台。我懂他們雙方的語言，做了翻譯，為那位女士完成了開戶最後的手續。當我接受男性行員鞠躬道謝時，所有其他的銀行員也都站起來深深作揖。日本人團隊合作以及全力以赴的精神，

在那當兒，就像捲捆的一張地毯「ㄆㄚ」一聲平攤開來，完全披露。銀行內有待辦事宜的大家速速又換回常時平靜的表情，繼續等候自己的番號。

最近，先生和我回到神戶訪友，順道去仍留有帳戶的銀行處理一些事宜。先生不算精通日語，銀行的自動門尚未在背後完全閉闔時，迎面打招呼而來的行員一句英語「Good Morning」道說的是「早安，我知道你是外人。」（日本人習慣稱非日本人為「外人」，讀為GAIJIN）行員以流利的英文在很短的時間內就親切、

89 暗証番號

有效率地為我們辦妥託辦之事，在彼此互相欠身，禮貌說著謝謝、不客氣、再見的時候，時光隧道攜著我瞬時飛馳回到遠遠的往昔，再度，我望見那位熱心、帶點焦慮卻是一生懸命、傾全力務必要完成任務的銀行員男士。

我禁不住說上了一聲：久違了。

吉拉西壽司

讀到村上春樹談吉拉西壽司（散壽司）的一篇短文時，我的心海不覺又是一波澎湃。這一道日本的傳統料理，曾經躍上我家的餐桌，搖身一變，成為我們親子之間的試煉。

多年前舉家搬遷到日本，沒多時我即結交了幾位日本女性朋友。有一回我和日本友人提到吉拉西壽司，當時初學日語的我就著這道料理鉅細靡遺地說著說著，原本只想測試自己的日語是否能夠過關，不意，田中太太立刻訂下時間，邀約我到她家，決意要教我製做。田中太太從多樣食材的細切，薄薄蛋皮的煎製，到最後如何撒上絲狀薄蛋皮成就一道色彩豐富的傳統日本料理，一一做了詳盡的示範。日本醋的特殊風味，和著一併被摻入的田中太太熾熱誠意的那一道吉拉西壽司，讓我嚐食時不禁是一口一讚嘆。

隔天一早，我迫不及待就到市場備齊材料，速速開始製做。由於情緒太亢奮，最末了薄蛋皮的鋪撒，還是在自己洋洋得意的一聲大喊：「吃飯了！」之後才匆匆補鋪上去。兒子和女兒飛也似地奔上桌，兩人異口卻是字字同聲：「哇，好漂亮的飯喔。」急急地就送入了口。只見，女兒立即皺起眉頭，兩個眼珠互相靠攏，兒子則往後靠向椅背，瞪著大眼，身子挺得直直。有好幾十秒鐘，只有餐桌邊牆上的掛鐘滴答滴答出著聲音。打破寂

靜的是我的勸進：「越吃會越好吃的啊！」一直到和顏悅色的鼓勵轉變成為又是板臉又是鼓愢的強迫：「這樣不行，趕快全吃了！」餐桌上才又有了動靜。女兒Judy深深吸了一口氣，一鼓作氣吃完她的那一份，期間只停歇一下向哥哥獻計：「Nelson，吃很快很快就不會那麼難吃了。」一向比較敏感的兒子，用筷子一粒一粒挑著吃，兩頰掛著的淚水，舊的乾了換上新的，當他夾起最後一粒飯時，下一餐的飯菜已擺上了桌。

在自以為表現滿點的餐桌上，堅持要孩子們吃完盤

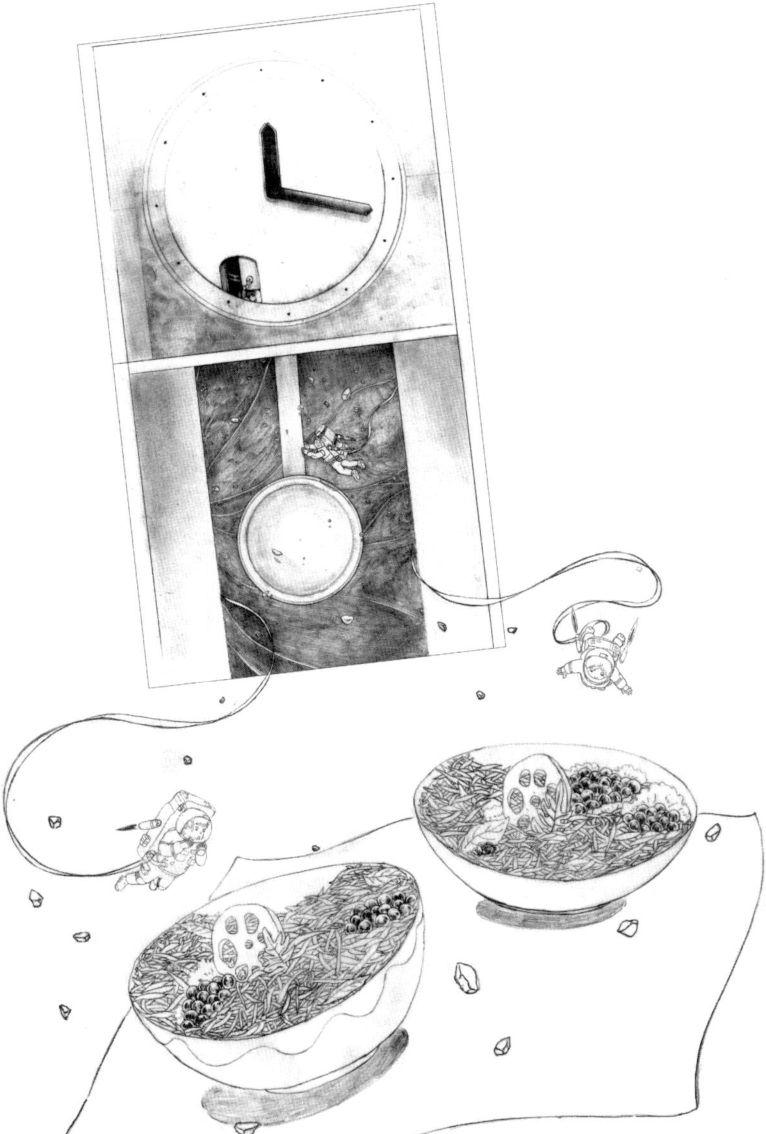

中食物的理由其實很曖昧：是要教育孩子「誰知盤中飧，粒粒皆辛苦」不可浪費食物？還是想引導孩子們對父母的苦心要懂得感念？抑或僅只是，自己試做的一道新餐食企盼能受歡迎卻大失所望帶出的複雜情緒反應？這麼多年來，每逢全家人一起在日式餐廳用餐，MENU一上手，兄妹倆常常是搶先用手蒙住這一道傳統料理「吉拉西壽司」，兩人相互對望，再隨即跟上一抹詭譎的笑。

我想，當年我並沒有教給孩子們什麼道理，反倒只是奪走了他們品嚐一道傳統美食的自然想望吧。

生日蛋糕受傷了

多年前，先生的工作有了調整，全家計畫遷居美國。

從做了決定到啟程，所有必須進行的細節，孩子們接到告知就跟著做，他們的生活並沒有泛起任何波紋。心中頓起漾動，平復不下由心底處漾起的一波推著一波的，是工作安定、生活平穩的我。知曉先生的工作將做異動後的不少落日黃昏，我下了班如常到安親班一手牽一個

接了兒女，踩在人行紅磚道上，兩旁原是不起眼的樹木，葉子越看越翠綠了；常常被抱怨的裂損紅磚塊，諸多裂痕不再是衰頹，劃出的條條線線都透著設計感。走著走著，煩惱著自己是不是應該捨放掉熟悉的美好一切，飛出台灣，奔向未知。

搬進美國中西部一個住宅社區不到一星期，女兒要過生日了。人生地不熟，該往哪裡去買到一個生日蛋糕呢？焦急中，很快就決定自己烤製一個。在超市備齊材料、烤具，再買一本甜點的食譜書，就直往住家的廚房奔回，要做生平第一個home made蛋糕。不似現今的多元，當時一個才退下全職工作的女人獨自要完成一個蛋糕的製作絕非稀鬆平常，我全然沒有烘焙的常識，只能照著食譜一步一步跟。英文不太行，過程中時時得停下來翻查字典，抓住跳出的單字套進學過的文法，我琢磨字句，努力讀懂說明。加料、攪拌、倒進烤盤，接著就是焙烤了，直到幾聲嗶嗶響起之前，我的視線很少偏離烤箱內裡那有著昏暗亮燈的小世界。烤盤從烤箱才伸探出頭，我自己等不及就wow了一聲讚嘆。緊跟上來的，

又是另一挑戰，我要發揮創意，在蛋糕上擠花飾、寫祝賀詞，因為明白只能起手無回，我格外地戰兢，整整忙了一個白天。

晚飯後，寒冬一月的辛辛那提，窗外飄著綿綿雪花。我熄了屋子的大燈，點亮蛋糕上的蠟燭，微微抖動的燭光立刻將家庭生日宴的氛圍帶到最完美。穿上漂亮新裳的女兒走向蛋糕，不像往昔天真地高聲數算蛋糕上的蠟燭數目，她眉頭上打的皺褶尚在持續形成的當兒就脫口說：「哇，好難看！」大家屏住了氣息，不知如何以對。

我的感受頗是複雜，就藉著速速催她許願吹蠟燭來掩覆自己心中的錯愕。切了片的蛋糕還不及讓她遞給其餘的人，就聽到搶快已經吃了一口的女兒斜歪著小小的鼻樑說：「哇，不好吃！」屋外飄著雪的那個生日夜晚，大家創造了不少名堂歡慶生日，除了女兒，沒有人再提起生日蛋糕。

沒過多久，我已是做蛋糕的老手了，頻頻烘製各式蛋糕，給孩子們當點心，也送送鄰近的朋友，每次做蛋糕我都會想起那個第一次做的生日蛋糕。最初總禁不住

要向女兒抱怨一位母親的愛心如何地被辜負，慢慢地，它化作一則昔日的趣事，讓大家相互拋接著說笑。而把那個第一次做的生日蛋糕再度攬回來，母女兩人興高采烈地開懷大笑，則是很多年以後的事了。在那一段不算短的歲月裡，我不曾停止感慨，總覺得相較於蛋糕，揉拌進去的母愛更是受傷了。也是歲月，它讓我懂得，那些年心裡一直捧著自以為受了傷的蛋糕，是因為我沒有足夠的智慧去體悟，母親對孩子的情懷其實是單方向的付出和欣賞，是無須待望孩子承知的回饋。

103　生日蛋糕受傷了

現在難免偶爾會期盼時光能夠倒流，讓我有機會再重做一次第一個親手做的生日蛋糕，再一次感受女兒走向蛋糕說：「哇，妳做的的生日蛋糕好難看，好難吃。」那樣的童稚天真。

懷想一道門

「Hello,I am your teacher,Jane.」一個一個的英文字母踩著電話線輕快跳跑向我。平生第一次接到美國人透過電話和我說話，如果你要體會我那時候的感受，必得和我同步回到很多年以前，當時尚沒有網絡（很難想像嗎？），媒體不算高度發展，大部分的人沒有餘裕搭機各處旅遊，四海也尚未成一家，在台灣，街道上、

公共運輸的車輛內、營業的商店裡，不會時不時就出現說英語的外國人。當時我隨先生的海外派任工作初到美國，那個電話是來自社區的英語教學志工。電話鈴聲響起，我在臥房裡接起電話，自稱是Jane的女士用她所能降至最緩慢的速度和我說明上課的細節。當時典型的一般美國房子是沒有吸頂燈的，當我們結束電話的交談，被掛上的電話機在床頭座燈柔和的燈光下，特別呈顯著黑暗中的明亮，將房間的暖氣轉成充滿希望的溫馨，且讓一份昂揚的昇起，取代了原以為勢必難免的忐忑，待發的蓄勢帶來我的雀躍，我即將要貼近一位美國人學習英語了。

坐在Jane家客廳的沙發椅上，她沒有理會我在台灣中學六年加上大學四年的英語學習，把我當做初心者，堅持我照著她的教材逐句朗讀。固定格式的例句太簡易，我輕鬆快速讀著一句接一句，沒有多留意靠向椅背旁坐的Jane，直至我讀到「This is a red pen.」，才聽到哈哈的幾聲從身旁發出。很多時日之後，

有一回上課Jane顯得很開心，她說，我真是享受聽妳讀像是red、bread等等的字啊，以前我可從不知道我們的那些字是可以那般發音。啊？怎麼了？我學的是KK音標，在台灣求學時一向是老師誇讚的英文佼佼者啊。

一星期一次，讓小孩出門上學之後，我就啟動先生為我買的那部二手車，膽子小不敢開上高速公路，總是遙遙穿跑著鄉間小路去當學生。春時充滿希望初初探身的枝芽，夏日不須爭先恐後也足以盎然的綠葉，秋天無一隅空缺的片片楓紅，以及蕭瑟卻是極美偶也降雪的冬景，一幕一幕，透過車窗和我照過面就往車子的後方疾馳，繼續程旅。Jane的住房是美國中西部辛辛那提那種傳統的房子，我從停好的車子鑽出時，寒暑不分，總是手拿著罐裝可樂的Jane通常已在廊下笑著迎我了，啜一口飲料，入到屋內啟動教學。我上完課離開時，如果是難得有烈陽的晴日，就由太陽公公取來枝葉的隙間當畫筆，在我車子的頂蓋上繪畫圖案。若是逢到落葉季節，則換上枯葉上場，編組出多樣式的堆排，一片一片抓牢車頂伴我一起回家。

Jane為我帶來的，英語能力的跨進只是整件美好情事的外裝，穿越過表象往裡探進去，是取之不竭的正向鼓舞。多年前首度踏出國門，不相識的Jane費心準備教材，為我詳盡做解說，我才初識完全不求償的志工精神。去學習的往返途路上，美國分明的四季更是時刻傳送著感動。即便世代不同了，就算比歲月的飛逝還快速的高科技發展給生活的很多面向換上新貌了，我從沒有停止過想念那一段和Jane學習的美好時光。在台北，有一回看到有人穿越過街口的紅綠燈，走向衡陽路的外語補習

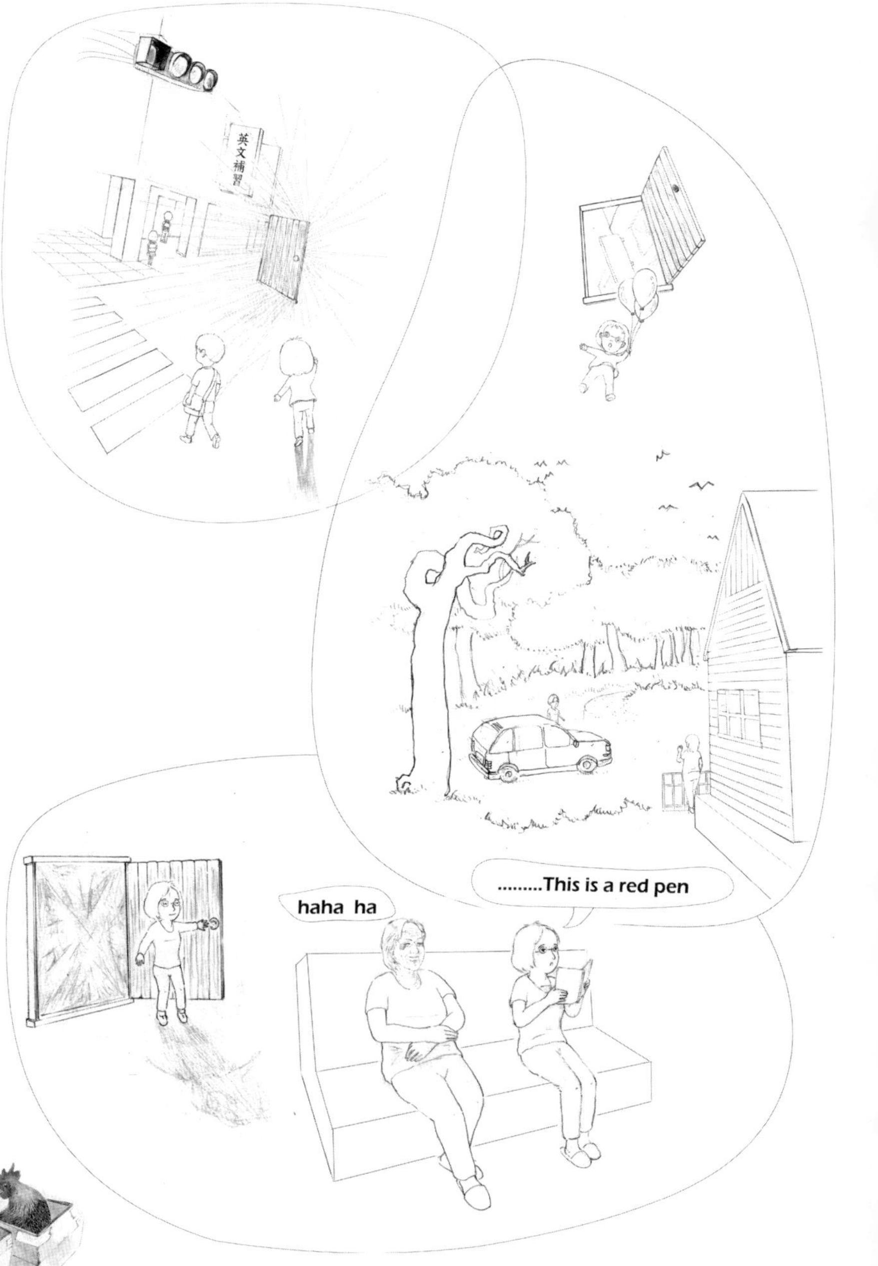
英文補習
haha ha
.........This is a red pen

班，我的思緒立時掌起了鏡頭，將場景拉引，轉換成為當年我走跑鄉間之路到一個美國傳統住屋去學習的景況。在美國和Jane做學習的那一段往事，就像是在那架構我生命的藍圖上面加築了一道門，很多時候，當我握住那道門的把手，它總會讓我堅定地相信，生命中，只要保有單純不紊的正向持心，將門啟開，想望到抵的境地必是美好的。

謝謝妳，Jane。

老生常談

多年前有一個夏天，我們家將學習和渡假一併安排在溫哥華，朋友於前幫我們租下一戶人家的地下室做為夏日的渡假屋。從機場直接前往，鑽出印度人司機的計程車，我們從屋子後院的門進入，迎面的樹木挺拔，草坪翠綠，側邊隨意探著頭的花葉更是亮麗。很巧，房東

一家人從外頭回來，先生抱著一歲不到的娃兒，太太牽個小妹妹。大家做過簡單的自我介紹之後，在接著的熱情寒暄當中，最吸引我的是小妹妹那明亮的大眼睛。陪同在旁代為租屋的朋友一個手勢、一句提醒拉開了我們假期第一幕的簾子：「是這邊，我們得往下走。」我們的渡假屋是在一片美景的盡頭再往下踩幾階，是地下室。打開門，在瞳孔做著調整的當兒四個人層疊了相同的話：「怎麼這麼暗。」可能是旅途勞頓，或者只是習慣吧，兒子女兒急急投身躺靠進客廳的沙發椅。我腦中設定的場景是，他們舒一口氣：「哇，終於到家了，真好。」現實卻是高大的兒子陷沒了進去，僅露出一個頭；女兒則是不見了，只發著不太清晰的啊啊聲，完全沒有彈性的大沙發椅幾乎吞了他們。我還沒來得及反應情緒就聽到天花板上蹦蹦聲大作，從一端蹦到另一端，很快又再蹦了回來，蹦去蹦回，整個下午蹦蹦響聲連連不斷。我癱坐在客廳，望上看向天花板，彷似看到那對明亮大眼睛很有生氣地跟著腳步聲來來回回，絕望之念隨之升起，頹想著一家人難得的夏日假期勢將被摧毀殆盡。

晚上洗澡時，蓮蓬頭一掛上去就不聽使喚，不管怎麼調整總還是往上翹。等到全家人輪番都洗過，大家總結做分享時，發現各人各有一招。理工背景的老公說：「我是依物理學原理，利用沖到頂上反射回來的水洗的。」兒子說：「雖然水柱往上噴射，還好我高嘛，墊個腳勉強沖洗得來。」女兒說：「我只能用手拿著蓮蓬頭，洗左邊，右手拿，洗右邊換左手。」至於我，比較笨拙，自始至終手忙腳亂，弄不清楚哪邊已洗過哪邊還待洗。就寢時，兒子和女兒都說我們大家好像在露營。

露營？對了，我們全家不是有多次的露營體驗嗎？

第二天一早醒來，我們全家每個人都換上露營的心態，自此，一切改觀了。就露營而言，我們所處的景況相當理想：有場所可以燒煮食物，有熱水供洗澡，不必擔心蛇咬蚊蟲叮，不須搭收帳篷。我心情一好轉，每聽到樓上小女孩的蹦跳聲，就特別感謝老天爺，慶幸房東的另一個小娃兒只能讓爸媽手抱，無法跟著姐姐跳跑。位在高緯度的溫哥華，夏日黃昏的陽光依然璀璨，房東後院的戶外椅子在夕陽下特具難以言說的文學姿態，我喜歡拿本書坐下來翻讀。盡收眼簾的大片花草，其中的一小叢豆子有我最大的關注，我總要定睛仔細看，視察前一天已綻開的花有沒有循著進度結成果子。

過往汲汲營營來去匆忙的日子裡，不曾騰讓出時間空間容其駐留的一句老生常談「凡事端看怎麼想」，在那個夏日，給了我們一家人意想不到的美好時光。

溫哥華的巧克力屋

住在日本的那些年，我們的房子選在神戶一個很現代化的人工島上。有一段時日，只有巧克力能為我的晚餐打上餐後滿足的句點。每每我一擺放下筷子，身體內每一個細胞都會探出身子，以小小的騷動做提醒。我住居的人工島，除了環境優美，設施更是完備，連小市民微小且非常個人的需求都能顧及，飯後若是渴想嚐塊巧克力，即便刮風下大雨的漆黑晚上，從家裡到超市，都有無風無雨且照明充足的「特設路道」可循著前往，地利讓晚飯後的我和超市的巧克力連結得更密切了。

在某一趟溫哥華之旅以前，我總以為巧克力不外乎就是兩條出路，一是以禮物的面貌用來串聯人情世故：通常是量身訂做，外型優雅，特具個性。九個或十二個，最多也不宜超過二十個，臥在華麗的盒子裡，經繫上的金色絲帶引領，成就為一份昂貴、用心的珍禮。另外則

是以零食的型態讓人又歡喜又悔怨：買的時候往往是帶點衝動，吃的時候若逢自制力薄弱，就會被那帶著個性的美味擊潰，兩個、三個、……不知終止。也因此後續的發酵心情通常緊緊尾隨，在意的人，不是懊惱身形走樣，就是只能下決心刪掉一兩份正餐。

直至我走入溫哥華的城區，一家巧克力專賣店重塑了我的「巧克力觀」。專賣店的入門處有一個透明大櫥窗，手製的現場製作流程可供全程觀賞。店家內裡的設計採典型的咖啡屋風格，購買的模式則是和台灣的自助餐食有了聯想：顧客人手一個盤，一番指指點點，由店裡服務的人員夾取了盛上盤。付了錢，找個舒適的位子坐下來，不須要任何餐具，直接以手取拿送入口。我的視線入內走繞了一圈，有的是三兩好友圍坐，談笑聲裏覆上膩膩濃稠芳香苦味，生動地帶著巧克力的色彩；也有選個角落獨自的一人，融化著滿口墨褐色的甜美，闔眼專情享受帶點孤獨的羅曼蒂克美味，任由遐思蜜蜜甜甜馳騁。收回視線我也端起一個盤子，對各式各樣巧克力的長長名字自然是無法輕鬆讀出，煩惱著重音該擺放

Chocolate Factory

在哪個音節，困難地拼著音讀，幸好每唸到第二、三個音節，招呼我的那位年輕男店員就微笑著接續完成它。我自是弄不懂長長名字背後涵義的玄機，只管就著外型，挑選了一個扮著頑皮鬼臉的小孩童，一個蒙著條紋薄面紗的神祕妙女郎，一個踩著踢踏舞步的情熱俊男，最後選挑上的我認為最是叫人嘆為觀止，造型仿似來自日本古昔傳統庭園裡具有禪意的石子。美、歐、日的風格熔鑄進我盤中的巧克力，在它們短暫相遇相聚的當下，各自顯現出的姿態風采，頗具藝術性，相當國際化。

從此，我對巧克力，多出了一分帶著敬意的浪漫遐思。

41街星巴克的14分鐘

常在溫哥華久住的那幾年，位在城區 41 街的星巴克是我常去的咖啡屋。有一天和朋友相約，我去得很早，點了一杯拿鐵坐下來，看到湧進的一群學生滿滿地裝進咖啡屋，原來，剛好是鄰近一所中學的放學時段。男孩女孩，穿著色彩鮮艷的制服，每一句話語每一個笑聲都是朝氣，串接不斷，一波一波，在幾位靜坐悠閒讀著手

邊書的當地老人之間流竄穿梭。落地窗外有幾棵微寒的大樹靜靜沉沉，沒有多少表情。不一會兒，隱在大樹間的小徑遠端，有一台電動輪椅慢慢駛近，由一位穿著墨綠色連帽夾克的男士駕駛著。一接近咖啡屋，自動門開啟了，即便操作電動輪椅的動作很純熟，要將自己沒有偏差地駛到工作人員的高檯桌旁，他還是費了不少的功夫。儲著如家人一般默契眼神的工作人員，不加思索就從一個像是早已設定好角度的俯角發出目光。目光一抵輪椅上的男士，就開始為他準備咖啡，看來是位不改變飲料選項的熟客。服務他的人將一根平常熱飲不會需要的吸管擺放進咖啡杯，繞過高高的檯桌來到他的面前，向前一步，後退兩步，放低身子，尋到最佳的目測距離，放手試著擺放，兩三回的調整，確定輪椅上的男士一俯下頭嘴巴即能就到吸管，才將飲料擺定在輪椅上特別設計的小桌板上。咖啡屋相當暖和，男士開始以雙手配合來褪下夾克的連衣帽子，他的兩隻手每一回的協力都只能和連衣帽接觸一瞬時，將其拉移一、兩公分。看著他，我遠遠對坐著，心中不忍之情一下子就蓄滿了，只是，

我還是容許自己那原就臥伏的好奇心迸發出來，開始計時，1分鐘、2分鐘、……14分鐘，連衣帽才終於被脫褪了下來。由於相當費勁費時，當他就到吸管喝第一口咖啡時，一臉的通紅尚未消退。

我別過頭望出落地窗外，溫哥華高緯度、陰潮、帶點鬱鬱的向晚時分，原來淡漠的那幾棵大樹，容咖啡屋輻射出來的燈光為它們披覆上鵝黃色的柔和，已換上溫暖溫和的表情，怡然自在。我將視線從窗外收回時，星巴克屋內的氛圍也已經換過了。我RESET自己，以換新的心情再一次出發，融入星巴克當時的畫面。我傾空內心蓄積的同情，和男士遲緩的動作同步，慢慢啜飲著自己手中的拿鐵，每一口都好似同時感受到他喝著香醇咖啡的愉悅心情，他因重度殘障合不攏嘴而仿似直直笑著的面龐，並沒有引來任何旁人的刻意注視。咖啡屋內，年輕人的歡笑聲依舊迴合，社區長者們安靜讀著的書，一頁被翻過一頁，時間沒有改變其流淌的速度。當我也能和咖啡屋裡的其他人一樣，不特別心湧憐憫，能以平常心只是偶爾用無奇的目光望望那位男士的時候，我杯

子裡的咖啡已經幾乎不剩了。

我觀看坐在星巴克裡心中兀自出演著跌宕的自己，寫出的情節、段落不脫往昔的模子，再度被程式化了，SOP是，不忍、同情，再混雜進一些稱不上成熟的對人事物的看待。我想，每一個「人生的問題」其實各有不同的質性，生命或許都有其相對應的出口，我們對周旁的每一境困頓、苦厄，更須要給予的，會不會是單純的同理心和誠懇的尊重。

畢業晚宴的第一支舞

畢業典禮的季節，初夏六月。那一年，兒子從加拿大的一所男子寄宿中學畢業，學校將在畢業典禮當天的晚上舉辦正式的晚餐宴會（Banquet），老公和我帶女兒長途飛行，去參加學校的各項活動。生平第一次要參加西方國家的晚宴，琢磨多時，我訂製了改良式旗袍以展現東方特質。我們從下榻的飯店驅車前往，接近會場時看到兒子和「學校規定必須攜帶的舞伴」已在等候。車子徐徐駛近，透過車窗，看見聽聞以加幣三百元租來的那三件式新潮的西裝套在兒子身上，附加還有一個領帶。我微微一愣，不過很快即轉移目光，定睛打量起他身旁最新一任的女朋友。我平凡的大腦忙於處理連連輸入的不尋常影像，或許是負荷過度未能及時釋出下一個指令，竟讓我無視旗袍的高開叉，一個大步跨開，粗糙地下了車。

晚宴中，第一次在柔和的燭光下和穿著正式西裝的

兒子共餐談話的感覺很奇妙，我不怎麼用心品嚐上桌的菜餚和紅酒，任由刀叉帶著自己的手，切開、叉上，然後送進嘴裡。經按壓下的情緒是澎湃的，不只一次在心中懷疑，這是那個無論從何處返家，進門總是先問：「媽媽在哪裡？」的兒子嗎？吃著甜點，在咖啡接著送上的時候，台上宣布：「我們的舞會馬上就要開始。正如大家所熟知的，我校的傳統，第一支舞由母親和兒子開始。」「完了，我根本不會跳舞。」無措躊躇時，兒子已經站了起來伸手向我。那樣的場合，沒有辦法，只能硬著頭皮走向舞池。幸運的是，舞池內太多的媽媽和兒子，非常擁擠，大家互相磨碰著，擅舞的踩不出好舞步，不會跳的也不容易被數算出是踩了三步、四步還是五步。那是一首慢節拍的曲子，我小聲說：「喔，是慢的舞。」兒子的聲音也跟著放低：「這是當季排行榜第一名的歌曲，妳沒聽過嗎？」排名第一的歌唱著唱著，我和兒子很貼近地舞著、交談著。其實我們只有兩句話雙向重複著，我說：「怎麼辦，我真的不會跳。」兒子說：「沒有關係，妳只要跟著前後左右移，有動就好了。」看看

身旁每一對母子也都親密地交頭接耳，該不會是和我們說著同樣的話吧。興致很高的老公拿著攝像機靠過來幫我們拍照，我心虛自己獨創的多變化舞步，仗著在場除了我們一家沒有其他人聽得懂國語，於是毫不顧慮就放聲說：「只拍上半身，記得啊。」

記憶中最長的歌曲終於來到最後一個音符，雖然不能說是像歷劫歸來，不過，坐回座椅的那一刻，我的確感到一陣虛脫。接下來的熱情快舞是屬於孩子們的，震耳欲聾的舞曲聲中，家長們陸續離開。兒子和他的女朋友送我們到大門外，我的大腦在晚宴中完成密集的訓練已經冷靜了下來，身上的旗袍終於能以它該有的優雅姿態跟著主人進入車子。駛在回飯店的街道上，兩旁多數的商店已打烊，裝飾在商家窗門上依然亮著的霓虹燈閃爍著寧靜的美麗燦爛。穿透過車窗的五顏六色光彩灑在我貼靠在車座椅背的身子，腦子裡的影像自發地倒帶、重播，我細細開始回味，兒子晚宴上穩重地與我侃侃而談，舞池中體貼地舒緩我的尷尬，晚宴始末成熟有禮地迎送我們。

兒子長大了。

一場晚宴完美劃出兒子下一個人生段階，在加拿大微涼的六月夜晚，我的心一片溫馨。

北京的下午茶

一位朋友假日和我在台北吃過brunch後就隨即搭機飛上海，因為她隔天必須參加一個會議。現今兩岸在各方面的交流相當頻繁，大家來來去去，前往大陸，除了須要跨海，和在台灣行旅並沒有太大差異。也因為彼此來往密切，觀看對岸的生活文化，稱得上較不尋常的身邊瑣事就少有了。因為先生工作的機緣，香港剛回歸那幾年，我居住在北京，當時的景況可就不同了，承天時地利之賜，我經歷了不少至今想起來仍莞爾的生活細小情事。讓我來說說。

在我北京住家的附近，一座算得上壯觀的建築物落成時，很多人都做了留意，是一家四星級飯店。我和幾位同是來自台灣的太太們相約，那時候的北京能選擇的不算很多，既是飯店，大家相信食物肯定是上水準，決定前去喝下午茶，大夥兒話話家常。

到了那家飯店，一推開通往大廳的旋轉玻璃門，門上創意造型的鮮花立時轉著圈送上環狀的撲鼻清香，讓人直覺來時路北京上空的陰霾會不會只是錯覺。走往廳內側邊的一家餐廳問：「供應下午茶嗎？」服務人員抬頭挺胸：「我們有君山、龍井、烏龍、壽眉，下午喝都叫下午茶。」我們立刻明白兩岸對「下午茶」的定義截然不同，就作罷改往另一側走去。即時的學習讓這回問得技巧了：「供應咖啡、點心嗎？」

進了去，迎面是一片協調之美：地毯、餐桌椅的巾套、服務人員的制服，包括領帶都是系統顏色，華麗中不失柔雅。我們幾位太太相當滿意，互望的每一個臉都是一式的笑容，眼色甚至不用互使，默契就已經瞬間像電流般到抵，由隨時能轉換成北京人腔調的我，配合空氣裡漫漾的氛圍向服務人員要MENU點咖啡。服務人員做了親切的回應：「我看不須要MENU吧，我們就一種咖啡。」大家不放心了，急問：「咖啡是現煮的嗎？」「那當然，我們不會給前一天的。」語氣堅定。我們解釋那麼問是要和沖泡式的即溶咖啡做區別。「即溶？沖泡？

這麼說吧，其實是一個樣兒的，咖啡豆磨細了，肯定一煮即溶，倒進杯子嘛，總得是要沖，是不是？」看服務人員等著大家的附和，我們於是趕緊跳到下一個提問：「咖啡是續杯的嗎？」對方急急搖頭：「不不，都裝滿，不會是虛杯。」當然，我們又近一步做解說了。服務員很快就明白過來：「有有，續兩杯。」我們點點頭：「喔，共三杯。」對方愣了一下才做更正：「一共是二杯。」共三杯，共二杯，始終沒有達到共識，不過反正沒有人真的想喝兩杯以上，大家也就不再說什麼，只待咖啡上桌。

吸了一口咖啡，我們指了指擺有不少甜食的旁側檯桌問：「甜點是隨意取用嗎？」知道還要另付不少錢，大家擺擺手，一致決定只喝咖啡。服務人員見狀，沒怎麼猶豫就欣然說：「這樣吧，您們今天要是喜歡的話，甜點就不另收費了。」要是喜歡的話？YES，當然喜歡。我們大家又閒聊了好一下才起身想去拿甜點，不意，整個檯桌上的甜食全沒了蹤影，納悶時熟悉的聲音出現了：「等了等沒見您們取用，就叫人給撤了。」追加一

句：「待會兒大家好早點兒下工嘛。」

那個下午如果能有其他的客人也來喝下午茶，服務人員肯定另有不同的選擇，或許不至於只能窮極無聊時刻貼近聽著我們，那麼，一個無須壓低聲音，也不用顧慮話題的下午茶時光，應該會是更快樂了。

Afternoon Tea
13:00-17:30
×2
coffee
coffee

北京影院雙人座

是多年多年以前的一個週日早上，九點出門，和老公到北京的市中心看早場電影。那是第一次在大陸看電影，心緒是多元的，想觀賞影片，更好奇想一探北京電影院的種種。

我們早到了二十分鐘，見售票窗口內有一男士專心在看報，我客氣地問：「開始售票了嗎？」他點了一下頭，豎起右手拇指往右晃動兩下，我才注意到他右邊鄰座有一女售票員。她埋首正忙著，烏黑的頭髮讓頭頂上漂亮的分線特別顯眼。恐怕是她太專注手邊的事了，我得把聲量兩度做提升，她才取來一本票券打理票務，當年自是沒有電腦售票系統。我買了較高價所謂的「雙人雅座」，我的想法是，我和老公恰是雙人，而雅座嘛，肯定是比較理想。

進了電影院，我們拾級而上，在樓梯的盡頭站有一位女服務員，手握拿著一支手電筒。喔，好熟悉的景象，和我小時候台灣早期的電影院一個樣兒，我心中立時開出一朵懷舊溫馨的花朵。影院內的燈光尚未打暗，所以我們沒有煩勞帶位，兩人開始協力找尋座椅的排號。遍尋卻不著，只好回頭去求助那位服務員。服務員她左腳在前，右腳在後，再以最佳的角度將身子斜斜靠在牆面。我出示票根，有好一會兒，她面無表情，一言不發。我趕緊將手上的票根上下左右移動，努力做著調整，讓票根落在服務員平視的視線範圍內。她睨了一眼：「雙人雅座？在最後邊一排。」胸前緊緊抱著的雙臂沒有打算放開。她的指示清楚，我們很快就找到位子坐了下來，並沒什麼好抱怨。不到三秒鐘，不好，發現距影幕太遠了。當天觀眾反正不多，老公就提議不如往前去坐低價的普通座，我心疼那每張多付的十元，猶豫了好一下才肯。坐定後覺得合適多了，舒了一口氣，也才明白為什麼購票時我的一聲：「雙人雅座」，讓售票員定睛看了看我，聽朋友們說售票員一般是不會輕易抬起眼的。

那天看的是周潤發/章子怡主演的「臥虎藏龍」，第一幕就引人入勝了，接下來又是頗值得深思的人生哲理，又是叫人屏息的輕功武學，跟隨著劇情，沒有一分一秒的冷場。當片尾的音樂響起，我和老公要站起時才意識到，北京寒冷的十一月天，在好似沒有暖氣的電影院內，一場電影看下來，我們兩手冰冷，雙腳幾乎凍僵，竟已是動彈不易。彼此互相一番打氣，從You can do it，到We can do it，我們兩人的四隻腳才終於解了凍移了步。

出口還是入口處，步下階梯前，我又望見了那位女服務員，她依舊左腳前右腳後，身子斜靠著牆的角度看起來好像也沒有做過更動，我心想，該不會同一個姿勢站立那麼許久吧？由於才觀賞了俠武的影片，有瞬時的一股衝動想趨前討教要如何才能鍛鍊出那般樣的功夫。不過當時入居北京並未長時，各方面尚待學習，唯恐不合北京文化的言動引發始料不及的不快，若是因而打壞了觀賞一場好影片後的極佳心情，恐怕對執導那個片子而崛起國際的台灣導演李安，會是某種型態的辜負吧。

我沒有開口，只和老公互望一眼，我們彼此給對方送出了一個會心的微笑。

大鍋飯的洗禮

好友的兒子是金融界的菁英，像一般年輕人，他把握了公司外派大陸的機會，規劃趁著年輕多歷練，生涯上或有機會大展一番鴻圖。只是，經過一小段時日就聽好友說兒子請調回台北的公司了，說是壓力太大，實在受不住那像猛獸般的「競爭力」。我的好友甚是不解：

「不聽說他們都是大鍋飯心態嗎？哪來那麼大的競爭力？」看來好友分明是沒有與時俱進，現今，在任何一個領域，彼岸的競爭力確實是驚人的。不過，說到「大鍋飯心態」，早前我其實是接受過它的洗禮呢。

當年，香港才回歸不久，我們一家人居住在北京。住宅社區內有一間國家經營的美容院，我有一次想洗頭，就決定去國營的那一家試試。一進到美容院，望見的是寬敞的空間，明淨的擺設，尤其合我意的是，適巧沒有其他的顧客。裡頭低著頭看報的唯一女服務員看到我就

倏地站了起來，看她那麼兢兢業業，挺好的嘛，我心裡頭暗自那麼想，同時也責怪起自己之前實在不應該隨意就聽信了朋友們說，大陸公家機構的服務人員根本不懂服務為何物。可是很快即發現不太對，女服務員臉上的表情嚴峻，不像是迎客，比較像是準備好要對付臨上頭的麻煩。她開口說話了，看起來是按抑下了不悅：「吃過飯再來好嗎？」我看看牆上的掛鐘，上午十一點十分，還早嘛，就說：「我看就現在吧。」她愣愣站住，還抓在手中的報紙在靜寂中發出了點聲音。我自行跨開了步子，指了指某個椅子：「我坐這兒嗎？」她沒有回應。接連我又指了其他幾個椅座：「這兒行嗎？」「這兒行嗎？」就算音調提高，手勢加大，也沒能得到她的回應。最後我識趣地隨意挑一個椅子安靜坐了下來。

匆匆幾下摩搓就進到沖洗的階段了，沒想，沖淋上頭的水冷冽非常，在北京寒冷的十二月天，難忍的刺骨之冰冷如電流般迅即直通脊背，我不覺大叫一聲，水移開了。彷彿有些字從她嘴裡跑出，想必是道歉之類的話吧，我就問道：「妳說了什麼嗎？」她回應的字句從嘩

啦嘩啦的水聲縫隙中竄出：「大夥兒都快吃完飯了。」立坐起來後，我頭髮上的水直往臉上流，向左流，我趕緊閉左眼，往右了，就閉右眼。在兩眼忙著輪替一開一闔的當下，我沒忘帶點歉意做關切：「是吃飯的時候啊？」僅能微微張開瞇成一線的單隻眼睛，從鏡子裡瞧見她撇撇嘴說：「我們大家都是在單位的食堂吃飯。」

最後的吹整定型也不是容易捱過的一關。我必須警覺地前後左右及時偏移，才能讓自己兩片無掩的耳朵避過因為吹風機太貼近而造成的燙熱。看到鏡中的自己，

動作頻頻，神情甚是專注嚴肅，那模樣實在可笑，心中釀出了放聲大笑的念頭。只是，為了能夠持續保有最佳的敏捷機動性，我不敢分心，始終沒有笑出來。吹整前髮時，我說：「自然就好，不要吹高。」她說：「這會兒，乾煸四季豆肯定是沒有了。」

那可說是一次珍貴的經歷，我親身體驗了真切的大鍋飯心態。不過既然界定其為「洗禮」，自是從鍛鍊或是考驗的層面來看，那麼，頭髮沒能洗乾淨，冷水寒冽刺骨，躲避燙熱心驚膽跳等等，實在都不算什麼了。

現代散文 4

寵物雞的電車之旅

作　　者：黃珠玉
繪　　者：林見鴻
編　　輯：塗宇樵
美　　編：塗宇樵
封面設計：塗宇樵
出 版 者：博客思出版事業網
發　　行：博客思出版事業網
地　　址：臺北市中正區重慶南路1段121號8樓14
電　　話：（02）2331-1675或（02）2331-1691
傳　　真：（02）2382-6225
E—MAIL：books5w@gmail.com、books5w@yahoo.com.tw
網路書店：http://bookstv.com.tw/
http://store.pchome.com.tw/yesbooks/
博客來網路書店、博客思網路書店、
三民書局、金石堂書店
總 經 銷：聯合發行股份有限公司
電　　話：（02）2917-8022　傳真：（02）2915-7212
劃撥戶名：蘭臺出版社　帳號：18995335
香港代理：香港聯合零售有限公司
地　　址：香港新界大蒲汀麗路36號中華商務印刷大樓
C&C Building, #36, Ting Lai Road, Tai Po, New Territories, HK
電　　話：（852）2150-2100　傳真：（852）2356-0735
經　　銷：廈門外圖集團有限公司
地　　址：廈門市湖里區悅華路8號4樓
電　　話：86-592-2230177
傳　　真：86-592-5365089
出版日期：2017年12月 初版
定　　價：新臺幣250元整（平裝）
ISBN：978-986-95257-4-9

國家圖書館出版品預行編目資料

寵物雞的電車之旅 / 黃珠玉 著　林見鴻 繪
--初版--
臺北市：博客思出版事業網：2017.12
ISBN：978-986-95257-4-9（平裝）

859.6　　106021998